U0122673

衛斯理系列 少年版 04
尋夢

上

作者：衛斯理

文字整理：耿啟文

繪畫：余遠鍠

老少咸宜的新作

　　寫了幾十年的小説,從來沒想過讀者的年齡層,直到出版社提出可以有少年版,才猛然省起,讀者年齡不同,對文字的理解和接受能力,也有所不同,確然可以將少年作特定對象而寫作。然本人年邁力衰,且不是所長,就由出版社籌劃。經蘇惠良老總精心處理,少年版面世。讀畢,大是嘆服,豈止少年,直頭老少咸宜,舊文新生,妙不可言,樂為之序。

倪匡　2018.10.11　香港

目錄

主要登場角色

白素

簡雲

劉麗玲

衛斯理

楊立群

翠蓮

小展

第一章

一個不斷重複的怪夢

辦公室的沙發上，楊立群驚叫了一聲，從噩夢中**驚醒**。一如以往，時間是凌晨四時十五分。

楊立群是個三十多歲的年輕企業家，人們眼中的天之驕子。可是，此刻他卻像個小孩一樣，被噩夢弄得幾乎想哭，不完全是因為噩夢本身**可怖**，而是這個夢他已經重複做了上千次，每次驚醒的時間都剛好是**四時十五分**！

他第一次做這個夢時只有七八歲，那時他並不覺得這個夢有什麼特別，只是噩夢一個而已。

但當他第二次做這個夢的時候，便開始感到奇怪，他記得自己曾做過一模一樣的夢，為什麼這個夢又再出現呢**？**

第一次和第二次**相　隔**了大概一年左右。後來，又有了第三次、第四次，一模一樣的夢。在夢境中，他的遭遇一次又一次地**重複**着。

漸漸長大，這個夢重複的次數變得愈來愈**頻密**。少年時代大概一年四五次，到了十八歲成年時，已經變成每個月一次，三十歲後幾乎

每半個月一次，而到近來，更發展到每星期一次。

每個星期重複着相同的噩夢，足以令人**精神崩潰**，尤其這夢境裏的遭遇異常逼真，這使楊立群十分痛苦。

最近一個月，情況變得更壞了，簡直已達到一個人所能忍受的極限。因為那個噩夢幾乎每隔一晚就出現，使楊立群有**分裂**成兩個人的感覺：**白天**，他是楊立群；而**晚上**，他卻變成另一個人，有着可怕的遭遇。

前晚，楊立群又做了同樣的夢。

昨晚，由於公司正在籌劃幾個重大項目，他留在辦公室裏審閱文件至深夜。累了，便躺在沙發上睡一會。但

沒想到，最可怕的事情終於發生！那個噩夢又出現，這意味着**事情已惡化到每晚一次了！**

　　楊立群連忙走進淋浴間，淋一下暖水浴，希望讓自己的情緒鎮定下來，可是，當想到以後每晚都要重複着相同的噩夢，他就感到**惶恐不安**。

　　淋浴過後，他回到辦公桌前，查看手機訊息，那些全是太太滿腔**怒火**的留言，不是喝令他回家，便是質疑他有外遇，令楊立群感到十分**厭煩**。他們兩夫妻的關係非常惡劣，因此，楊立群經常寧願留在公司通宵工作，也不願意回家面對太太。

　　時鐘搭正九時，辦公時間到了，秘書準時敲門而入，跟進今天的繁瑣工作。她看見楊立群辦公桌上的文件依然是**亂七八糟**，驚訝地問：「老闆，文件還沒審閱完？今天就要投標了。」

9

楊立群仍在為噩夢的事而**厭煩**，根本無法專心工作，便說：「放棄吧，不投了。」

秘書很詫異，接着又問：

「那麼今天中午十二點跟周老闆談合作──」

「取消吧。」楊立群搖了搖手。

「還有下午兩點半，電視台的財經節目訪問。」

「**取消！統統給我取消！**」楊立群焦躁地說。

秘書為了公司那幾個大項目，已經幾個月以來天天加班沒休息過，於是她趁着這個機會，

戰戰兢兢地問：「老闆，全部事情都取消的話，那我今天已經沒事做了，是不是可以請假休息一天**？**」

「好吧好吧，**走走走**。」楊立群不耐煩地將她打發走。

可是，當秘書滿心歡喜地步出辦公室時，楊立群突然又叫住她，「**等等！**」

秘書停下腳步，臉色**一沉**，心想：「就知道老闆不會那樣大發慈悲。」

她回到楊立群面前，聽候差遣。

「離開前先幫我預約心理醫生。」楊立群吩咐道。

秘書從未替他約見過心理醫生，奇怪地問：「要約哪位心理醫生？」

「幫我找一個  最好 的。」

「約什麼時候？」

「**立刻！**」楊立群一副困擾得快要*崩潰*的表情。

結果，那位秘書在城中眾多心理醫生當中找到了簡雲，而碰巧簡雲是我的朋友。

當日我本來約了簡雲吃午飯聚舊，但他說臨時有一位病人非常緊急地求見，他的預約早已*爆滿*，只能撥出午飯時間來接見對方。我只好充當外賣員，帶着薄餅汽水來到他的醫務所，與他進餐聊天，陪他等待病人的到來。

「衛斯理，我看了你的小說。」簡雲咬着薄餅說。

我心裏有點高興，「你這樣一個大忙人，也抽空看我

的書，真是 榮幸之至。」

　　但簡雲漫不經心地說：「我只是想了解我的病人。」

　　「我不是你的病人。」我鄭重澄清。

　　「但你確實有病。」

　　「什麼意思？」我問。

　　「你小說裏的情節太匪夷所思了，在現實根本不可能會發生，我懷疑你有妄想症。」

　　我聽了他的話，忍不住「咭咭」地笑了出來，「世事無奇不有，只是你還未遇到而已。」

　　「我身為心理醫生，見過無數病人，卻沒遇過你小說中那些古靈精怪的奇人奇事。」

　　「也要碰運氣的，說不定這個急着要來見你的病人，就是一個外星人呢，哈哈！」我跟他開玩笑。

這時候，護士敲門通知，說病人已經到了。

我和簡雲連忙把薄餅收好，待看完診再吃。

「可以了。」簡雲喊了一聲，護士便開了門，楊立群走了進來。

這是我第一次看到楊立群。他身材**高大**，相貌不錯，只是雙眼*失神*，有點**焦躁不安**。

簡雲先站了起來介紹：「我是簡雲。這位衛先生是來送外賣的。」

誰都能聽出這句話是**開玩笑**，哪有人會知道外賣員姓什麼！但楊立群的臉上卻一點笑容也沒有，只是點了點頭，抹拭着臉上的**汗珠**，看來他確實滿懷心事。

楊立群坐了下來，護士倒了一杯熱茶給他安定情緒。而我則捧着那盒未吃完的薄餅走出房間，讓他們開始看診。

當我要把門關上的時候，我聽到楊立群在房裏說：「簡醫生，**我總是重複做同一個夢。**」

聽到這句話，我頓時感到非常驚訝，立刻「**砰**」的一聲又把門打開。

簡雲和楊立群都十分愕然地看着我，我**堆起微笑**說：「我們不如邊吃邊看診吧。」

第二章

料事如神的衛斯理

「你也是心理醫生？」楊立群**疑惑**地問。

「雖然我不是心理醫生，但請容許我當簡醫生的會診助手。」我誠懇地請求。

楊立群不反對，簡雲也讓我留下，只是**禁止**🚫飲食，以免影響專注力。

「我總是**重複**做同一個夢，而且每次醒來都是**四時十五分**⏰。」楊立群説。

簡雲安慰他：「這樣的病例有很多，不足為奇。」

我插話説：「但如果夢裏的所有細節都**一模一樣**，而且做夢的次數愈來愈**頻密**，那就有點奇怪了。」

「**對對對，就是這樣！**」楊立群激動地説：

「現在已發展到每晚都做同樣的夢，這對我造成了很**大**的困擾！」

「你能把那個夢詳細描述出來嗎？」簡雲問。

「嗯，夢裏的每個細節都非常清晰。」楊立群便開始描述：「夢一開始的時候，我走在一條小路上，路的兩旁全是樹，那種樹我在現實中從沒見過，樹幹不是很粗，但很直，呈現一種**褐灰色**。樹葉是**心形**的，葉面**綠色**，葉底卻帶點**灰**色。我一直不知道那是什麼樹。」

「白楊樹。」

我衝口而出，然後解釋

道：「那是一種極普通的樹，在中國北部

地區幾乎隨處可

見。」

楊立群「**哦**」了一聲。

簡雲對我把話題轉移

到樹木上有點不滿，便催促

道：「楊先生，請你繼續

說下去。」

楊立群繼續説：「我走到那條小路的盡頭，穿過一座牌坊，前面是一道用 **灰 磚** 砌成的牆，我沿着牆走，轉過牆角，那裏有一扇 **虛掩** 着的木門。我來到那扇門前，心中感到非常 **害怕**，但我還是推開門，走了進去。

「內裏是一片空地，空地上有一個古老的石磨，有一口井，牆角上放着一個木架子，看來像是一個木椿，裏面有很多厚木片，我不知道那是什麼。

「那是一具古老的榨油槽。」我喃喃自語。

沒想到他們聽到了，都轉頭望向我，楊立群詫異地問：「我描述得這麼 **粗略**，你怎會知道那是什麼？」

「對不起，請你先繼續。」我説。

楊立群惟有繼續説：「那片空地看來是一個後院，我走得十分急，被地上的一個草包 **絆跌**，那草包裏的黃豆被我踢了出來，我 **腳步不穩**，踩在豆子上，又向

前滑了一跤，跌在地上。

「我連忙掙扎着爬起來，再向前走，那是一座矮建築物，有一個相當大的煙囱。我心中好像更害怕，但我還是繼續向前，轉過牆角，看到了一扇打開了的門，我急急向門走去。」

楊立群講到這裏的時候，我感到難以置信，一股**涼意**
自背脊骨直冒了起來，額頭滑下冷汗，忍不住問了一句：
「當你絆倒的時候，是否有人叫了你的名字？」

楊立群本來是躺着敘述他的夢境的，
但聽到我的話後，好像遭到**雷殛**一
樣，猛地坐起身來，手指着我發抖，**「你**
⋯⋯你怎麼會知道？」

簡雲立刻安撫他，「衛先生是位小
説家，想法比較有**戲劇性**，不用管
他，請繼續講下去。」

「**衛先生說得沒錯！**當時真的有人叫了一聲『**小展！**』，我感覺那是在叫我，但我回頭看了看，卻沒有人，便繼續向門走去。一進門，我就聞到一股十分**奇怪**的氣味，不知道那是什麼氣味。」

楊立群說到這裏，突然望向我，好像覺得我能夠給他答案似的。

我猶豫着要不要回答他，最後還是説了：「那種氣味，是蒸熟了的黃豆，被放在**壓搾**

工具上，榨出油來之後，變成豆餅之際所散發出來的一種生的豆油味道。」

簡雲睥睨着我，「衛斯理，你又開始編故事了。楊先生只説了『**十分奇怪的氣味**』，你卻能編出那麼多來！」

我一臉無辜地聳聳肩。

但楊立群卻被我的話**震懾**住了，呆問：「你怎麼知道我是在一座油坊中的？」

「沒有點斤兩的話，怎麼敢要求和簡醫生一起會診？」我故意向簡雲示威，簡雲臉色**一沉**。

楊立群卻有點雀躍，好像找到了救星一樣，加快敍述他的夢境：「我進去之後，看到裏面有三個身形高大的男人，一個留着滿臉鬍子，坐在極大的石磨上；一個**高瘦子**站在灶旁，那裏有好幾個灶口，灶上疊着相當**大**的蒸

籠；灶旁還有一個人衣服最整齊，穿着一件長衫，手上拿着一根**長長**的煙桿。

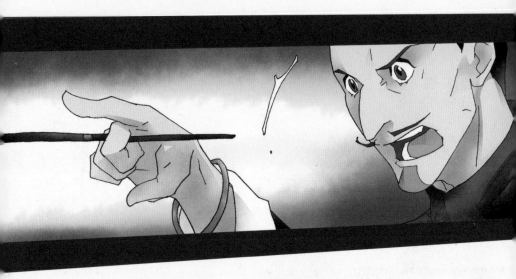

「那個拿着長煙桿的人用煙桿直指着我，神情十分**憤怒**，坐在磨盤上的那個大鬍子也**跳了下來**，和那高瘦子一起，向我逼近。

「我本來就十分害怕，這時更加驚慌，拿煙桿的**厲聲**問道：『小展，你想玩什麼花樣？為什麼這麼遲才來？』在他喝問我的時候，大鬍子已在我的身後，揪住了我的胳膊**！**」

我聽到這裏，不禁怔了一怔，簡雲也呆了一呆。

因為楊立群的口音和語言都漸漸**起了變化**，好像變了另一個人。例如，他用了「揪住了我的胳膊」這樣的一句話，而且還帶着**濃重**的山東南部山區的口音，那是一句土語。用他原來慣用的語言來說，應該是「他拉住了我的手臂」才對。

楊立群沒有察覺我們的**異樣**，只是自顧自地敘述：「穿長衫的將煙桿鍋直伸到我的面前，幾乎**烙焦**我的眉毛，他喝道：『小展，快說出來！東西放在哪裏？我們五個人一起幹的，你想一個人獨吞？』我害怕到極點：『我……我真的沒有獨吞！要是我起過獨吞的念頭，叫我**天誅地滅，不得好死！**』

「這時，那個高瘦子也拔出了小刀，在我面前比來比去——」

楊立群的神情很害怕，臉上的肌肉不由自主地**跳動**

着，好像真的有一柄 **鋒利** 的小刀在他的臉上劃來劃去。

我和簡雲又互望了一眼，但沒有出聲。

楊立群雙手掩住了臉：「他們三人一直在逼問我一些東西的 **下落** ，我卻不說。接着，大鬍子就用力拗我的胳膊，高瘦子用刀柄打我的頭，拿煙桿的用膝蓋頂着我的小腹。他們痛打我，一直打我……」

楊立群聲音 **發顫** ，神情 **驚恐** ，渾身冒汗。

簡雲連忙安撫他：「請鎮定一些，**那不過是夢境！**」

簡雲連說了好幾遍，楊立群才漸漸鎮定下來，但神情依然 **苦澀** ，「每次夢醒，我都感到被毆打後的痛楚，而且一次比一次 **強烈** 。昨晚在夢中被打，現在我還感到痛。」

簡雲不由自主地吸了一口氣，我知道他在想什麼，他認為楊立群有 **精神分裂症** ，而且情況相當嚴重。

楊立群抹了抹汗，繼續敘述：「過了好一會，我被打得跌在地上，大鬍子伸腳踏住了我，我口中全都是 **血** ，他們三個人在商量着是不是要殺我，我真是害怕之極。

「那拿煙桿的人說：『小展，你自己好好想一想，是否犯得着。我們給你最後一天機會，明天這個時候，我們仍舊在這裏會面。』他的話一講完，便和其餘兩人一起走了出去。大鬍子臨走時，**憤怒** 地在我腰眼裏踢了一腳。」

楊立群説到這裏，伸手按着腰，神情滿是痛楚，好像真挨了重重的一腳。

我們詫異地看着他，他苦笑了一下，拉起襯衣，露出腰際，那裏果然有着一塊拳頭大小的**暗紅色胎記**。

簡雲極力地以心理學來解釋：「那是心理作用，正因為你有這樣的胎記，所以才會編這樣的夢，還有痛楚的**錯覺**。」

「夢境應該還沒完吧？」我急不及待地問。

「對。」楊立群以 ?疑惑? 的眼神看着我，接着説：
「他們走了後，我掙扎着想站起來，但身上實在太痛了，
我真的站不起來。就在這時，又有一個人走了進來。」

我咽下了一口口水，問：「**那是一個女人？**」

楊立群非常吃驚地看着我，「衛先生真是料事如神**！**

是的，是一個女人。我本來已痛得幾乎**昏了過**去，可是一看到她，便✦**精神一振**✦。她疾步來到我面前，俯身下來，摟住了我，不斷地說：『小展，難為你了！』

「我感到自己極❤她，肯為她做任何事。我對她說：『翠蓮，我沒有說，他們毒打我，可是為了你，我不會對他們說的！』

「翠蓮忽然道：『今天他們打你，你不說，但明天他們可能真要殺你，**你也能不說？**』我立刻向她許諾：『翠蓮，我答應過不說就不說，我願意為你做任何事，**甚**

至可以為你死！」翠

蓮嘆了一口氣：『那我就放

心了！是你自己説的，願意

為我死！』」

　　説到這裏，楊立群便

哽咽起來，簡雲吃驚地

問：「接着到底發生了什

麼事？」

　　我再一次神機妙算

地説：「**翠蓮殺了

你。**」

　　楊立群苦笑了一

下，「對，她一講完這

句話，便舉起了一把

刀，然後我感到心口一

涼，眼前**發黑**，之後就什麼知覺也沒有了，而我也從夢裏驚醒過來。」

楊立群解開襯衣的釦子，露出左胸之下一道看來簡直就是刀痕的**紅色**印記，「看，是不是像極了一道**刀痕**？」

我們看到了，又是一陣驚愕。

「楊先生，可以說說你的婚姻狀況嗎？」簡雲仍然嘗試以心理學的角度去剖析這個夢。

但楊立群沒有回答簡雲，他已將全副**希望**寄託在我身上，緊張地說：「衛先生，這個夢困擾了我許多年，它到底有什麼意思？你對我的夢如此瞭如指掌，一定能解答我的，對不對？」

我忙道：「別緊張。說穿了十分簡單，我之所以能屢屢猜中你夢中的內容，不是我料事如神，而是因為——有**另一個人**也做着相同的夢！」

第三章

美人兒 的
兩個 秘密

另一個做着相同的夢的人叫劉麗

玲，二十六歲，是一個 **美麗動人**

的時裝模特兒。

她不但美，而且學歷高，

還有音樂和文學方面的修養，性

情浪漫，永遠 **容光煥發** ，不

少公子哥兒拜倒在她的石榴裙下。

她是白素的朋友，我以前只在報章雜誌或電視上見過她，她給我的印象是極其能幹和神采飛揚的一個 **成功女性**。

大約兩個月前的某個晚上，白素扶着一個女人回來，那女人伏在白素的身上，背部不斷 **抽搐**，淚水已經將白素的衣服 **沾濕** 了一大片。

白素一面扶她進來，一面關上門，我連忙上前幫她把那女人扶到沙發上。那女人坐了下來，抬起頭的時候，我 **嚇了一大跳**，幾乎叫了出來。

因為她本來化着濃妝，混和淚水後，整張臉變成了一幅 **七彩繽紛** 的印象派圖畫。

「**不准看！**」白素立刻把我的視線擋住，並拿來一盒紙巾，幫那女人抹淨臉上的化妝品。

我大感冤屈，因為白素的語氣好像在罵我是個偷窺狂似的。

幾分鐘後，白素讓開身子，我又**嚇了一大跳**，因為眼前這個女人太美了，我差點以為白素剛才在變魔術，把一個大花臉變成了大美人。而這時我也認出這個人是誰了，她就是劉麗玲。

　　劉麗玲向我勉強地笑了一下：「對不起，衛先生，打擾你了。」

　　「哪裏，能有劉小姐這樣 **大名鼎鼎** 的人物光臨，是我們的榮幸。」

　　白素有點受不了，打斷道：「好了，別說客套話了。衛，麗玲有一個 **大麻煩**，你要幫她。」

　　以白素的性格，那個「大麻煩」如果她能單獨解決的話，決不會帶劉麗玲來見我的。而世上如果有什麼「大麻煩」是白素無法單獨解決的話，那真是一個不折不扣的 **超級大麻煩** 了，所以我也不禁緊張起來。

　　據白素説，劉麗玲的人生有一個 **大** 秘

密和一個 **小** 秘密。小秘密是她十八歲時曾結過婚，丈夫叫胡協成，是個沒有出息、毫不起眼的**窩囊廢**。這段婚姻極不愉快，只維持了兩年，二人便分開了，此後劉麗玲便開始周遊列國，享受自由。

外界對此事 **一無**所知，只有她身邊最親密的家人和好友才知道，白素便是其中之一。而劉麗玲至今仍無法理解，自己當初為何會嫁給那個人。

然而，那也只是她的小秘密而已。她還有一個 **大秘密**，從來沒跟人說過，今天第一次向白素和我說。

「劉小姐有什麼麻煩？我們一定盡力而為。」我說。

劉麗玲苦笑了一下，卻沒有說話，好像不知如何開口。

我望向白素，白素便代她說：「**她一直在做一個夢！**」

我呆了一呆，不太明白這句話的意思，「她一直在做夢？」

白素嘆了一聲：「事情很怪，她一直**重複**做同一個夢。以前，大約每年一次，後來愈來愈**頻密**，到最近甚至每晚重複一次。」

在白素講述的時候，我發現劉麗玲緊咬住下唇，現出十分害怕、厭惡和痛苦交集的神情。

「劉小姐的這個夢，想必是個**惡夢**吧？」我嘗試一步步探問。

「為了這個夢，她快要**精神崩潰**了。」白素説。

我望向劉麗玲，她猶豫了一下，才説：「這個夢極怪，**在夢裏，我是另外一個人。**」

「這一點也不奇怪。」我説：「莊子在夢裏甚至是一隻蝴蝶呢。」

我故意説一些輕鬆的話，希望能緩和一下緊張氣氛，但顯然不太成功，她們都對我的話毫無反應。

我十分**尷尬**，馬上嚴肅地説：「劉小姐，若不介意的話，請你把那個夢描述出來，看看我們能否幫你**解夢**。」

劉麗玲深吸一口氣，然後開口説：「在夢的一開始，我在一口井的旁邊。」

她才説了這句話，本來極力保持嚴肅的我，實在忍不住「**噗哧**」一聲笑了出來。

劉麗玲和白素都立時瞪着我。

第四章

另一個看怪夢

我連忙收起笑意，説：「對不起，我沒有**惡**意的。希望劉小姐別介意我問一個問題。」

劉麗玲點點頭。

「你最近是否有追看一些古裝電視劇？特別是穿越時空的那種？」

「**沒有。**」劉麗玲**斬釘截鐵**地回答。

「那麼宮廷鬥爭小説呢？」

「**也沒有。**」

白素忍不住插話：「衛，你到底想說什麼❓」

「我想說，**日有所思，夜有所夢**。當我聽到劉小姐說夢到一口井的時候，便猜想劉小姐一定是穿越劇看太多了，所以夢見自己穿越到古代宮廷裏，因為鬥爭失敗而投井自盡，或者是被哪個奸妃推進井裏。」

白素和劉麗玲都呆呆地望着我。

「我從來不看那些電視劇和小說的。」劉麗玲說。

白素忍不住敲了一下我的頭，「**穿越劇看太多的是你！**」

我尷尬地笑了一下，「對不起，劉小姐，請繼續。」

劉麗玲便繼續描述她的夢：「我也不知道自己在井旁幹什麼，但夢裏的自己不是我，因為我俯身看到井水中自己的**倒影**，那是另一個女人，相當美麗，穿着一件**碎花**的中式短襖。

「過了一會，我便繞過那個井，向前走去，走到一條路上，路旁全是一種相當直的樹，樹葉的背面呈 **灰白色**——」

白素補充了一句：「我看這種樹一定是白楊。」

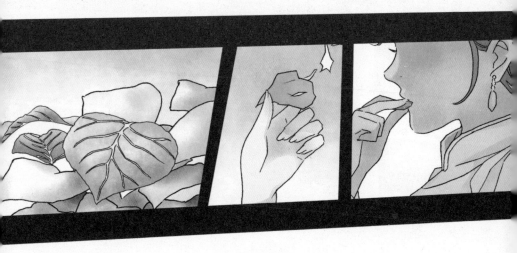

我「嗯」了一聲，劉麗玲繼續描述：「我順手摘下了一片樹葉，放在嘴裏含着，繼續向前走。經過一座相當高大的牌坊時，腳踏在一個 **凹坑** 中，跌了一跤，腳踝 **扭** 了一下，很痛——」

劉麗玲講到這裏，停了片刻：「每次當我做完同樣的夢，醒來之後，都好像真的跌過一跤一樣，腳踝一直很痛。」

我想説那是心理作用，但我沒有開口打斷她，讓她繼續説：「我掙扎着起身，忍着**腳脖揚**上的疼痛——」

但她講到這裏，我就驚訝得不能不打斷她了：「**你說什麼？你再說一遍！**」

「我站起來，忍住**腳踝**上的疼痛——」劉麗玲説。

「不，剛才你不是這樣講的。」

我提起腳來，指着腳踝問：「剛才，

你稱這個部位叫什麼」

劉麗玲側頭

想了一想，才「啊」的一聲説：「是

啊，剛才我不説『腳踝』，而説『腳

脖拐』，很**奇怪**，我也不知道為什

麼會用這樣一個詞。」

「這是中國北方的方言，你曾經學過這種語言？」

劉麗玲搖頭道：「沒有。」

為免**刺激**她的情緒，我極力保持鎮定，不敢把事

情説得太玄奇，只請她繼續講下去。

她説：「我一路向前走，心情愈來愈緊張。沒多久，

看見前面是一道圍牆，忽然有**人影**一閃，走在我前

面。不知道是什麼原因，我很緊張，連忙 **躲** 在一叢矮樹的後面，卻不小心被那些矮樹的尖刺刺傷了肩頭。」

她講到這裏，伸手按住她的右肩，向我和白素望來，「説起來你們或許不信，我被那尖刺刺中的地方，有一個 **疤痕**。」

「**不可能！**」我衝口而出。

劉麗玲嘆了一聲，解開一顆襯衣鈕子，讓我們看到她肩頭上的那個「疤痕」。

我和白素都感到難以置信。

但我仍盡量冷靜地分析：「這是胎記而已，不足為奇。」

「恰好生在我夢裏被刺中的地方？」劉麗玲說。

「你**倒果為因**了。正因為你從小就有這樣的一個印記，所以你才會編出這樣的夢，恰好那部位被刺傷。」沒錯，簡雲也是這樣向楊立群解釋的，可見我在遇到楊立群之前，想法是和簡雲差不多的。劉麗玲對我的分析不置可否，繼續說：「當時我也不管那傷口，只顧看着前面那個人，他轉過了牆角，我就立刻**跟蹤**去。

「我來到牆角處，探頭看到那個人在一扇**半開**的木門前神情猶豫，那是一個小伙子，年紀大約二十多歲，有點楞頭楞腦，傻不拉幾的——」

「傻不拉幾」是北方話，形容一個人有點傻氣。我很驚訝劉麗玲又不自覺地說出她不熟悉的北方方言來，但她

正講得緊張投入，所以我沒有打住她。

「那小伙子終於走了進去，我也**躡手躡腳**地來到門口。向內看，門內是一個院子，堆着很多**奇形怪狀**的東西。」

「例如什麼？」我問。

劉麗玲**皺**起了眉，「很難形容，有圓形的大石頭，有一個個用草織成的袋子，還有一個是木槽——」

劉麗玲索性拿出紙和筆，速寫描畫出那院子裏的大概面貌。

那時候我只認出大石頭是石磨，但那個木槽是什麼，我一時間也看不出來，需要更多的線索。

劉麗玲便繼續道：「在院子面前，是一棟矮建築物，卻有一個極大的煙囪。那小伙子向前走着，突然在一個草包上絆了一跤，踢穿了草包，草包裏**滾出**許多黃豆。而我看到他跌在地上，不自覺地叫了他一聲：『**小展！**』」

聽到這裏，我不禁「啊」了一聲，「夢裏你是認識他的，他姓展？」

劉麗玲反問：「展**?**有這個姓**?**」

「當然有，包青天裏的展昭，就姓展。在山東省，那是一個相當普通的姓氏，是一個大族。」我說。

「嗯，我在夢裏是認識他的。」劉麗玲說：「我叫了他一聲，但馬上又**後悔**，覺得不應該叫他，便縮回身子。那小伙子起了身，回頭看了看，便走進了建築物之中，而我則伸手緊按自己的腰間，感覺到內裏藏着一柄**小刀**。」

聽到這裏，我也感到不妙，因為一柄小刀足以做出很可怕的事情。

她繼續敘述：「我**放輕**手腳，來到那建築物前，貼牆站着，聽到裏面不斷傳來呼喝聲，那個小展不停說：『我不知道，我不知道。』真奇怪，我本來心情極緊張，

但聽到小展說『我不知道』，就放心得多了。

「過了沒多久，裏面突然傳出了毆打聲和小展的

叫聲，我走近一個窗口，首先聞到一股 **極怪** 的味

道，接着就看到有三個人，正在狠狠地打小展。」

據劉麗玲形容，那三人一個 **高瘦**，一個 **滿臉鬍子**，一個拿着 **長煙桿**，跟後來楊立群所描述的不謀而合。

「他們三個人不斷打小展，逼問小展一些東西放在什麼地方。小展卻咬緊牙關捱着打，不肯説。那三個人打了很久也沒有結果，最後放了幾句 **狠話** 便走了，幸好他們沒有發現我。

「我離他們最近的時候，不過兩三步，那個拿煙桿的説：『小展被那 **妖女** 迷住了！』大鬍子很憤怒：『我們這就去找！』拿煙桿的悶哼一聲：『不知躲在哪裏，我看她是到徐州去了！』高瘦子便説：『到徐州去了，也能把她找回來！』大鬍子 **惡狠狠** 地道：「對，找到了，就把她和小展一起蒸熟，拿去榨油！』」

聽到這裏，我便知道，那建築物是一座油坊，剛才院

子裏的木槽，應該是古老的榨油槽。我補充完之後，請劉

麗玲繼續敘述。

「我當時害怕得連呼吸也憋住，好不容易等他們三人

走出了圍牆，我才連忙進去扶起小展。他雖然

，但望着我的時候，眼神充滿着喜悦，有着濃濃的

意。

「他望着我，一直在説：『**我沒有說，翠蓮，我沒有說！**』在夢裏，我的名字應該就是翠蓮了，我當時的心情十分緊張，連自己也不知道講了些什麼，小展也不斷在説話，我只感到心中有一件十分重大的事，難以決定。就在這時，小展突然説：『**我願意為你做任何事，甚至願意為你死！**』」

「我心中暗嘆了一聲，心想，那可是你自己説的。我取出藏在腰際的那柄刀，然後⋯⋯」

講到這裏，劉麗玲的情緒變得十分激動難受，但她依然盡力講下去：「我一刀插進了他的心口，**把他殺了！**」

劉麗玲用雙手掩住了臉，抽噎起來，全身都在**發抖**。我連忙安慰她：「好了，噩夢總是在**最可怕**的時候結束的，你也該回到現實了。」

沒想到劉麗玲卻搖搖頭，「不，這還不是這個夢**最可怕**的部分。」

只見她突然又拿起筆在畫什麼，我和白素看不到她畫什麼，面面相覷，正猶豫着要不要追問下去。

最後還是由我來開口問：「那麼……這個夢最可怕的部分是**？**」

這時，劉麗玲放下了筆，把畫好的東西揚到我們眼前。

我和白素一看，**嚇得禁不住驚呼了一聲！**

第五章

前世今生

我和白素眼前所看到的，是一雙充滿了**怨恨**和

痛苦的眼神**！**

「在我一刀刺進小展的心口之後，他就用這種目光瞪着我，這眼神一直 **印** 在我的腦海裏。即使在我清醒的時候，不論我張開眼，還是閉着眼，那可怕的眼神都會經常 *浮現*，我感到小展用這樣的目光在看着我！」劉麗玲解釋道，「用言語不足以形容它的可怕，所以我便畫了出來。」

這就是困擾着劉麗玲的 **噩夢**。

我把這個夢的內容告訴了楊立群和簡雲，但沒有把劉麗玲的身分向他們透露，只用「**L**」這個代名詞來代替，甚至連 **性別** ♀♂ 也沒有告訴他們。

恰巧，劉麗玲所畫的兩張圖一直放在我的皮包裏，於是，此刻我便拿出那張院子的速寫圖給他們看，但把那個可怕的眼神圖收起，沒拿出來。

楊立群看了之後，十分**驚訝**，不住地說：「一模一樣！一模一樣！跟我夢到的地方一模一樣！」

他拿起那張圖畫，雙手也在**發抖**，

「天啊！我們竟然在做同一個夢！」

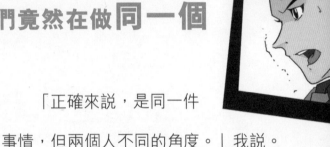

「正確來說，是同一件事情，但兩個人不同的角度。」我說。

「這更**不可思議**。」楊立群驚詫得瞪大了雙眼。

我也點頭認同。

「那麼你怎樣解答L？」他問。

「解答不了。」我說：「當時我也認為她只是心理作用，於是對她說了一些安撫的話，還勸她去看看**心理**醫生。」

「她有看嗎？」

我搖搖頭，「她不認為是心理問題，從小就不斷重複做同一個夢，她覺得當中一定有**特別**的原因。」

「沒錯！」楊立群身同感受，「尤其你聽完我的夢之後，就知道這件事絕不簡單**！**」

我只能又點點頭。

簡雲一直沒有發言，好像在苦苦思索着什麼。沒多久，他終於開口問：「楊先生，你有沒有一些印象特別深刻的電影或劇集？」

「沒有。」楊立群**斬釘截鐵**地回答。

「小說呢？」

「我不看小說的！」楊立群一臉**厭惡**。

我開玩笑道：「簡醫生，這些問題我也問過L，你是在**抄襲**我嗎？」

簡雲嘆了一口氣，「兩個人不斷重複做同樣的夢，夢境裏發生着同一件事情，而且情節還那麼精細和複雜，根本不可能是出於巧合。」

「所以，你也懷疑他們是看了同一部電影、劇集或者小說，才會做同一個**怪夢**，對吧？」我說。

楊立群*冷笑*了一下，「我從來不會在那些地方上浪費**時間**⏰。」

楊立群是一個十分拼搏的企業家，工作也嫌時間不夠，確實不太可能沉迷於那些娛樂。

簡雲進一步問：「那個夢你是從七八歲開始做的，會不會是那時候你看過什麼故事卻又忘記了呢？」

「如果真是**日有所思，夜有所夢**，那麼印象一定非常**深刻**，不會記不起來的。」楊立群說得十分堅定。

簡雲顯得有點**困惑**，「你們若非看過相同的作品，那麼，夢中那件事……很可能真實發生過，而且你們兩人還親歷其境。」

「**不可能！**」楊立群想也不想就説：「夢裏我所看到的環境和人們的裝束，都顯示那是年代久遠的事，距離現在至少有幾十年，當中的人恐怕早已死清光了，我怎

麼可能會經歷過那件事！」

「沒錯，除非……」簡雲突然一副有口難言的樣子。

我當然明白簡雲在想什麼，因為當日劉麗玲離開我家之後，我和白素私下討論劉麗玲的**怪夢**，也得出了同樣的結論。

簡雲吞吞吐吐，使楊立群十分着急：

「**除非什麼？**」

我同情地說：「身為心理醫生，要說出那個未有科學根據的假設，確實非常為難。」

簡雲苦笑了一下。

但楊立群急得快要發瘋了，**「你們別再故弄玄虛了，快說吧！」**

我只好代簡雲說：「除非，那是你**前生**所經歷的事。」

我的話如**雷電**般擊中了楊立群，使他呆在當場，不懂反應。

過了很久，他才「哈哈」笑了起來：「原來我前生是被一個女人殺死的！衛先生，那個L是什麼人？是男還是女？他前生殺過我，我今生應該可以找他報仇了。」

楊立群看起來像在開玩笑，可是我卻有一種**陰森**的感覺。

本來，我也想過介紹楊立群和劉麗玲認識，因為他們

兩人的夢境是如此奇妙地相合，簡直是一種 **緣份**。可是，一聽到楊立群那麼說，我便完全打消了讓兩人見面的意圖，畢竟他們有 **不共戴天之仇**，如果真有前世今生的話。

我笑了笑：「算了吧，我不認為你和L見面會有什麼好處。」

楊立群也假笑道：「你怕我一見到他，就回刺他一刀，**將他刺死嗎？**」

「不無可能。」我坦白地說：「因為L看到你臨死前的眼神極為可怕，感受到你心中的 **怨恨**。」

楊立群激動起來，「是的！在那一剎間，我心中的痛苦和怨恨，實在難以形容！我那麼愛她，那麼信任她，為了她我可以做任何事，**可是她卻殺了我！**」

楊立群愈説愈激動，簡雲很害怕，不由自主退後了幾步。我也看出情況不對勁，連忙抓住了他 **揮動着** 的手臂。

但情況卻變得更壞，他連口音也變了，**瘋狂** 地叫道：「我不怕，你們再打我，我還是説不知道！」

我和簡雲都大吃一驚，楊立群好像變了另一個人般，而且我們知道，**那是小展！**

「楊先生！楊立群先生！」我們大聲叫他的名字，希望能令他清醒過來。

　　可是楊立群好像完全聽不到，聲嘶力竭地對着我喊：

「為什麼？翠蓮，我那麼愛你，肯為你做任何事，**你為什麼要殺我？**」

　　我看着他，不禁大吃一驚，因為此刻他的眼神，跟劉麗玲所畫的**一模一樣**！

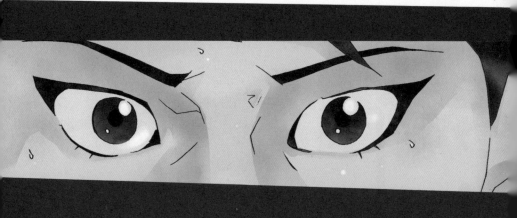

第六章

偵探社 的 奇 案

此時，楊立群已經極不正常，我揚起手來，準備重重地打他一個耳光，希望能令他清醒過來。

但簡雲卻抓住了我的手腕，對楊立群說：「小展，你愛翠蓮，肯為她做任何事，對不對？」

簡雲想用 誘導 的方法使他冷靜。

楊立群突然嗚咽了起來：

「對。」

簡雲又問：「甚至願意為她死？」

楊立群嗚咽着點點頭，「**是……**」

「小展，既然是你自己願意的，**還怨什麼？**」

楊立群呆住了，簡雲的方法似乎奏效了，可是轉眼間，楊立群又激動起來，「我願意為她死，可是她心裏根本沒有我！在她心裏，我還不如一條狗。

我那麼愛她，她居然殺我！」

楊立群情緒失控，簡雲手足無措，最後我還是用了最原始的方法，「啪」的一聲打了楊立群一個耳光，他立刻倒在沙發上，**昏**了**過去**。

簡雲嚇了一大跳，「**你打死了他！**」

「是昏了。」我糾正他，然後去倒了一杯冷水回來，往楊立群的臉上**潑去**。

楊立群慢慢睜開眼，神情有點迷惘，「發生了什麼事？」

簡雲溫和地說：「你可能精神太緊張，突然昏了過去，我們便用水將你淋醒。」

楊立群仍有點**疑惑**，摸着臉頰說：「**好痛！**」

我連忙解釋：「剛才你昏倒的時候，臉剛好撞在桌子角上。」

　　我心裏在想，萬一他照鏡看到了自己臉上那清晰的  手掌紅印，會不會又嚷着要找我報仇？

　　楊立群垂頭沉思了一會，説：「這樣説來，在許多年前，中國北方的某個油坊裏，一個叫『小展』的人曾被三個人毒打，而且被一個他所愛的女人殺死。」

「這只是個**假**設，暫時難以證明。」簡雲強調。

「不。」楊立群很堅定，「這件事一定發生過，否則我和L不會同樣夢到它，而且還那麼**細緻**。」

這一點我和簡雲也難以反駁。

楊立群的情緒安定了許多，他忽然笑了笑說：「衛先生，謝謝你告訴我L的夢。雖然你不肯講出他的身分，但至少我知道，殺了我前生的人，如今還在。」

「不。」我連忙糾正他：「殺小展的人早已死了。」

「可是她投生了！」楊立群說。

我大聲道：**「那已是另一個人！」**

楊立群用一種 **詭異** 的目光望着我，「不，不是另一個人，我身上有小展的記憶，那個人有翠蓮的記憶，事情並沒有完。」

「你到底想做什麼？」我有種**不祥**的預感。

「沒什麼，我終於明白自己的夢的意思，謝謝你們，真是不枉此行。」楊立群向我們點頭道謝便要離開。

「等等，我還未完成對你的治療**！**」簡雲着急地説。

楊立群搖了搖手，「不用了。我現在已經沒有大問題了，請放心。」話畢，他便爽快地離開了。

簡雲擔心地對我説：「他來的時候，精神**緊張**，情緒**沮喪**；但如今走的時候，卻充滿自信，好像有了什麼目標似的。」

「這不是你們心理醫生最想達到的結果嗎？」我説。

「這個時候你還説笑？我真擔心他會做出什麼來啊！」

「**例如找 L 報仇？**不可能的，我不會讓他知道L的身分。」

「就算你不説，但別人呢**？**」簡雲擔憂地問。

我想起了白素，但只要回去跟白素説一下，她自然也不會透露出去。至於劉麗玲本人，我會叫白素時刻關心留意着，如果劉麗玲對其他人講起，白素會馬上知道的。

所以我對簡雲説：「**放心，別人也不會知道！**」

「那就好。」簡雲這才鬆了一口氣。

回到家裏，我立刻把楊立群的事情告訴了白素，她隨即責怪我：「你不該將劉麗玲的夢講出來。」

「對不起，我沒想到楊立群會如此**偏執**。不過，我沒有把劉麗玲的身分説出來，連半點線索也沒有，所以除非有天大的巧合，否則他不可能會找到劉麗玲的。」

「但他們的夢不就是這樣巧合嗎？」白素説。

「你認為他們的夢是巧合？」我反問。

「你相信**前世今生**？」她又反問我。

「沒有信不信，反正也證明不了。」我模棱兩可地說。

接下來的幾天，白素特意去接近劉麗玲，但劉麗玲絕口不提自己的夢，而且還有意**疏遠**白素，看來她很**後悔**把自己的夢告訴了我們。

過了一個多月，我幾乎忘記了此事，而碰巧我有其他事情要找私家偵探幫忙，於是就去拜訪小郭的偵探社。

小郭以前是我公司裏的一名職員，後來他自己開設了**私家偵探社**，做得不錯，每當我有需要時也會找他幫忙，怎料這次他二話不說就拒絕了我。

「你的案子我接不了。」他一臉**煩惱**地說。

「你我曾經賓主一場，別拒絕我好嗎？」

　　「不是我不想接，而是我真的沒時間。」
小郭顯得十分為難。

　　「生意這麼好？」我疑問。

「只有一單。」

　　「一單生意就佔用了你所有時間，那一定
是大生意了。」

　　「嗯。」小郭點點頭，「價錢非常高，而且我還收了
一半訂金。」

　　「世上沒有免費午餐，他要你查的案，一定非常困
難。」

　　「對，我開始有點**後悔**收了訂金。」

　　我的**好奇心**被他勾起，忍不
住問：「能透露一點點嗎？」

「是一件謀殺案，而且是很多年前發生的。」小郭
説。

「多少年前？」

小郭苦笑道：「**不知道。**」

「在哪裏發生？」我問。

小郭笑得更苦一些，「**也不知道。**」

查一宗連時間和地點都不知道的謀殺案，
我覺得這根本是一個惡作劇，所以禁不住開玩
笑問：「不會連死者是誰也不知道吧？」

**「知道，連兇手的名字也知
道。」**

「哈哈，你在跟我開玩笑吧？」我忍不
住笑了出來。

小郭嘆了一口氣，「唉，我只知道死
者叫『**小展**』——」

我一聽到這裏，笑容便**僵**住了，整個人都震動，大叫：「**等等！**」

小郭被我的緊張反應**嚇了一跳**，「你怎麼了？」

我笑道：「沒什麼，我只不過想猜一猜兇手的名字，如果你一説出來，我就不能猜了。」

小郭終於笑了，「哈哈，別開玩笑，你怎可能猜到兇手的名字？」

「如果我猜到了，你就接我的案子。」

還未等小郭答應，我便趕快説出：「那個兇手是個女人，叫翠蓮，對不對？」

小郭呆了一呆，然後問：「你認識那個委託人？」

我 **笑而不答**，只把我的案子文件交給他，「拜託你了。」

「喂，我剛才可沒答應你啊。」

我充耳不聞，只勸了他一句：「你別幫楊先生查那宗案了，他有 **精神分裂症**，正在接受心理治療。」然後我便轉身離開。

又過了大半年，某天早上，有人按門鈴，我開門看見一個又**黑**又**瘦**，滿面倦容的陌生人，便問：「請問找誰？」

這陌生人卻説：「衛先生，是我，我是楊立群。」

「你從非洲回來嗎？」我認真地問。

他洋洋自得地説：「**我找到了！**」

第七章

尋夢

楊立群走進我的屋子裏，坐在沙發上。

我連忙問他：「你找到了什麼？」

他 微笑 着説：「就是我夢境裏的那個地方。」

我感到十分驚訝，「**你找到了那油坊？**」

楊立群點點頭，「嗯，那油坊居然還在。我先給你看看這些照片，再向你講講經過。」

他拿出平板電腦，向我展示照片，第一張是一條**小徑**，兩旁全是白楊樹，白楊樹十分**粗大**，比楊立群敘述他夢境時所形容的大得多。

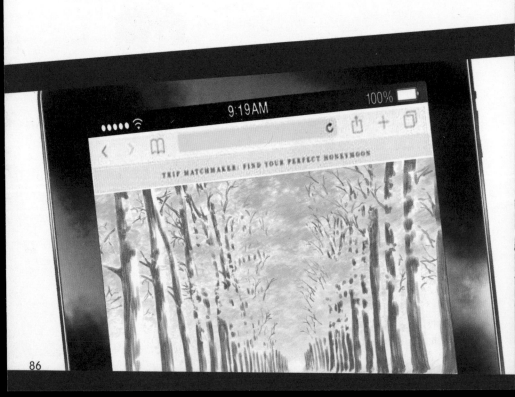

　　楊立群指着照片上的小徑説：「我的夢一開始，就是走

在這小徑上。雖然事隔許多年，兩旁的白楊樹粗大了不少，

但我一看到這條小徑就認出來了 **!** 那是我在夢中經過的小

徑，我太熟悉了！你看，這裏有一塊大石，一半埋在土中，

一半露在外面，**我在夢中見過上千次了！**」

「你是怎樣找到這條小徑的？」我 詫異 地問。

「我先委託了一間 私家偵探社 ，叫他們派人去查，可是那偵探社號稱全亞洲最好，卻什麼也查不出來，所以我只好親自出馬。」

我聽到他這樣批評小郭的偵探社，心裏只覺得好笑。

楊立群又說：「我記得你說過，事發的地方可能在山東省南部。為了弄清楚我的夢，我以投資者的身分，假

裝要買地建廠，委託了一名姓孫的中介人帶我到山東省南部各處覓地。我對他說，要找一條兩旁有白楊樹的小路，一座**高大**的牌坊，還要有一座曾經是油坊的建築物。」

「他不覺得你列出的條件很**奇怪**嗎？」我問。

「嗯，他有提出**疑問**，我解釋是風水原因，他便沒有再追問下去了。」

「他居然真的幫你找到那地方？」

楊立群說：「他們是山東省最**大**的中介公司，十分熟悉當地環境。我把投資額說得非常大，他們便幾乎動員所有職員去幫我覓地。我跟他們走了幾十處類近的地方，終於在一個叫**多義溝**的小鎮找到了！

「當時我看到了那條小徑，興奮得雙腿不由自住地往前走。姓孫的觀察力很**敏銳**，他奇怪地問我：『楊先生，你對這裏的地形好像很熟，你以前到過這裏？』

「我沒有回應他，繼續向前走。在小徑的盡頭，果然

是那座高大的牌坊，再過了牌坊不遠，就是那油坊了！」

　　説到這裏，楊立群給我看另一張相片，相片是在油坊外拍攝的，可以看到油坊建築物，和那根十分顯眼的煙囱。

　　楊立群指着照片上的圍牆説：「圍牆經過 **修補** ，有些地方是新的，但我可以肯定這就是我在夢裏所見的油坊。看到這兩扇門沒有？當時我就在這扇門前 *徘徊* 了好久，而翠蓮就在轉角處 👁 *窺伺* 我。」

　　「**不是你，是小展！**」我嚴肅地糾正他。

　　楊立群尷尬地笑了一下，又給我看油坊內的照片。

　　「你看這石磨！當他們三人毒打我的時候，我的血——」

　　我又大聲糾正他：「**小展的血！**」

　　他只好改口説：「好，小展的血，曾 **濺** 在這大石磨上。小展被打之後，就躺在這裏，而翠蓮，就是在這裏，將小展刺死的。」

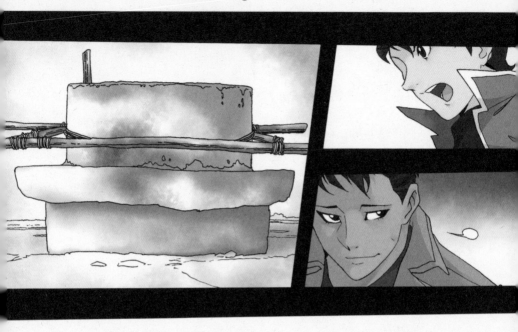

　　我看着那些油坊的照片，確實跟他和劉麗玲所形容的非常吻合。

　　接着，他又給我看了翠蓮照到倒影的那口井，還有刺傷翠蓮的那叢 **荊棘** ，然後抬頭望着我説：「我找到了這個地方，就證明我確實有前生，而**我的前生就是小展！**」

　　「嗯，這是個重大發現，説不定能拿個諾貝爾獎。」我刻意説笑緩和氣氛。

但當我看到下一張照片時，我便笑不出來了，那是一個滿臉**皺紋**的老人，拿着一根長長的煙桿。

我**大吃一驚**：「他⋯⋯就是夢中那個拿煙桿的？」

「當然不是。」楊立群解釋道：「當年打我⋯⋯小展的人都死了，照片中的是另一個人，叫李得富，八十多歲了。」

「他跟你的夢也有關**？**」

楊立群笑着説：「之後我在多義溝住了下來，開始調查。我在多義溝住得愈久，對那個地方就愈熟悉，小展的經歷也不斷**湧進**我的腦子，我甚至記起小展的名字叫展大義。我輕而易舉地找到了展家村，到處問當地的老年人，當時有沒有一個人叫**展大義**，可是，問來問去也沒有人知道。花了將近兩個月，終於在一天中午，一個中年婦人扶着李得富來見我。我和他的對話全部用手機錄了下來，你要不要聽**？**」

「廢話，快放出來！」這時我的 **好奇心** 已被他勾起。

他拿出手機，播放錄音，我立時聽到一把蒼老  的聲音，講的是魯南的土語。他們的對話如下：

李：先生，你要找一個叫展大義的人？

楊：是，老太爺，你知道有這個人？

李：你怎麼知道有展大義這個人？

楊：請你先答我，你是不是知道有展大義這個人？

李：俺當然知道，展大義，**是俺的哥哥！**

楊：老太爺，不對吧，剛才那位大娘説你姓李，展大義怎麼會是你哥哥？

李：俺本來姓展，家裏窮，將俺賣給了姓李的，所以俺就姓李。展大義是俺大哥，俺哥倆，雖然自小**分開**，可是還常在一齊玩，展大義大俺七歲。

在這時，楊立群按停了錄音對我説：「我那時拚命在回憶，是不是有這樣一個弟弟？可是，一點印象也沒有。或許，前生的事，要印象特別**深刻**才能記起來。」

楊立群説完又繼續播放錄音。

楊：你還記得他？

李：俺怎麼不記得？他早死哩……被人捅了一刀。俺奔去看他，他兩隻眼睛**睜大**，死得好**怨**，死了都不閉眼——

楊：他……死在什麼地方？

李：死在南義油坊裏，俺到的時候，保安大隊的人也來了，還有一個女人，在哭哭啼啼，俺認得這女人，鎮上的人都叫她「**妖女**」。

錄音播放到這裏便終結了，楊立群一言不發，手卻有點**抖動**。

我抬頭望向他，他那個可怕的眼神又出現了！雖然那是楊立群的容貌，但我感覺那副痛苦怨憤的神情，卻好像屬於另一個人似的。

而且，我從他的眼神裏看出了「**報仇**」兩個字！

第八章

不是冤家不聚頭

楊立群無疑已有精神病的症狀，他將自己和一個叫作「小展」的人合而為一了！小展的感情，在他身上起了作用。小展被一個女人殺死，臨死之前，心中充滿了**恨意**，而這種恨意，如今在楊立群的身上**延續**。

我竭力安撫他：「其實你不必為此事耿耿於懷的。」

「不必？」楊立群很**激動**，「我曾這樣愛她，迷戀她，肯為她做任何事，但她卻不將我當一回事，還殺了我**！**」

這番話好像是另一個人借他的口説出來似的，令我

不寒而**慄**。我連忙提醒他：「楊先生，你弄錯了，那

不是你，而是小展。」

「我就是小展，小展就是我！而你口中

的 L 就是翠蓮，翠蓮就是 L ！」

楊立群講這句話時，直瞪着我，緊緊握着拳，指節骨

格格作響。

我吸了一口氣，試探着問道：「我問你一個問題。」

楊立群立刻回應：「我知道你想問什麼。你想問，如

果我見到了 L，會怎麼樣，是不是？」

我「嗯」的一聲點點頭。

楊立群忽然**怪笑**起來：「哈，那還用説？她曾經怎樣對我，我也要怎樣對她！」

我對他**當頭棒喝**：「L與你根本毫無瓜葛，也從沒對你做過什麼！」

他正想反駁的時候，恰巧白素開門回來。

「衛，你有客人嗎？我回來拿點東西。」

楊立群即時望向白素，眼神充滿了**敵**意。

我連忙介紹：「這位是楊立群先生，她是我太太白素。」

楊立群「」了一聲，神態回復正常，向白素行禮。白素伸出手來，和他握了一下。楊立群向我望來，低聲道：「衛先生，跟你説一句私人的話。」

白素十分識趣，一聽到楊立群這樣講，立即上樓，還邊走邊説：「你們慢慢聊，我去拿點東西，馬上就走，門外有人在等我。」

楊立群**壓低**了聲音問我：「衛先生，請原諒我這麼問，**你太太會不會就是L**？」

我完全沒料到他會問這樣的一個問題，一時不懂得如何反應。

他接着又補充一句：「**或者，L其實會不會就是你**？」

聽到他這一句，我實在忍俊不禁，笑了出來，「哈哈，楊先生，以你的推理頭腦，真的很適合寫推理小說。」

確實，如果這是一個推理故事的話，最終他發現我才是那個前生殺過他的L，這是非常「**標準**」的故事鋪排。不過，世事往往比推理小說還難猜。

我正想着該如何洗脫我和太太的嫌疑時，楊立群已經**自我推夢**了，他說：「不對！看你們神態自若，心情開朗，完全不像受到重複的噩夢所困擾。」

「**大人英明。**」我逗他。

「但你太太知道我的事嗎？」他問。

我立刻**嚴肅**地說：「我必須向你坦白，當日在簡雲的醫務所聽了你的事情後，回來曾和白素討論過。但我只把你的夢境告訴了她，並沒有透露你的身分，所以她不知道那個人就是你。就好像你知道L的夢境內容，卻不知道L是誰一樣。」

楊立群點點頭，「嗯，我也不奢望你會對你太太**隱瞞**，看你們關係挺好的，一定無所不談，說你沒有講，我也不信。」

「既然這樣，我們可以繼續聽錄音了嗎？」我問。

「你怎麼知道後面還有錄音？」他略感**詫異**。

「剛才我看到你的手機中，你和李得富的對話錄音分成了三個檔案。」

「衛先生的觀察力果然**敏銳**。」

「況且，難得找到一個知道當年事件的生還者，我不信你只問了那麼少的問題。」

楊立群故作**神秘**，「沒錯，好戲還在後頭，後面有一個很驚人的發現。」

　　看楊立群的表情不似作假，我心癢難當，着急地問：
「那是不是要等我太太走了，才能繼續聽錄音？」

　　我幾乎急不及待想催促白素快點離開，可是，楊立群
突然**狡猾**地笑了起來，說：「**不。**」

　　「什麼意思？」我不太明白。

　　「**我不打算再讓你聽下去。**」他直截了當地
說。

　　我驚呆了片刻，**緊張**地問：「那怎麼行？我只聽了
一半，你不是說後面還有很**驚人**的發現嗎？你已勾起
了我的**好奇心**，怎麼可以不讓我聽下去？」

楊立群笑了笑，「我就是想讓你保持着好奇心。」

我登時一怔。

　　楊立群又説：「你的好奇心得不到滿足，就像我的好奇心得不到滿足一樣。如果你想滿足自己的好奇心，就必須同時滿足我的好奇心。」

我馬上明白他的意思了，忍不住怒罵他：「楊立群，你這個王八蛋，你——」

楊立群理直氣壯地說：「衛先生，我是一個 **商人**，我相信任何事物都應該公平交易。」

他講完這句話之後，**壓低** 了聲音說：「你告訴我L的下落，我便把我所搜集到的全部資料，毫無保留地交給你。」

「對不起，我辦不到。」我 **斬釘截鐵** 地拒絕。

「別這麼快拒絕，我多給你一些時間考慮。」楊立群說。

就在這時，門外突然傳來了三下 **短促** 的汽車響號聲，就好像即時為我倒數三秒一樣，但當然，那響號聲其實是在催促白素。

樓上隨即傳來白素匆忙的 **腳步聲**。

　　楊立群見我暫時無意改變主意，趾高氣揚地説：「記住，我現在是楊立群，一個成功的$商人，不再是愚蠢的鄉下小伙子。你想在我身上得到點什麼，一定要付出代價。等你改變主意的時候，就來找我吧。」他説完便轉身走了。

此時，白素剛好下來，她看到我神情**沮喪**，笑說：「咦，怎麼了？看樣子你吃了一場敗仗。」

我有點啼笑皆非：「楊立群這傢伙——」

我才講了一句，外面又傳來了兩下響號聲，我問：「送你回來的是什麼人？好像很心急。」

白素答道：「劉麗玲。」

我一聽到這個名字，整個人**直跳了起來**，像遭到**雷殛**一樣。

此刻，劉麗玲的車子就停在我住所的門口，而楊立群正從我的住所走出去。他們一個前生是翠蓮，一個前生是小展，居然在今世巧合地相遇了**！**

白素看到我神態如此倉皇，心中已猜到了大半，「剛才那個楊立群就是……」

我點點頭，「希望他留意不到劉麗玲。」

「誰會對這樣一個大美人視而不見！」白素立刻抓住我的手衝了出去。

我們一推開大門，立刻就呆住了，心頭*怦怦亂跳*，臉色泛白。

因為我們看到，楊立群正在劉麗玲的開篷跑車旁邊，與她搭訕。他們一個在車外，一個在車內，好像已聊了好一會的樣子。

我心裏在想，楊立群是否知道，他一直想盡辦法要尋找的 **L**，**此刻就在他的眼前！**

第九章

熱 戀

看見楊立群和劉麗玲在聊天，我和白素心中亂成了一片。本來人海茫茫，楊立群和劉麗玲相識的機會是**微乎其微**。可是，偏偏一個湊巧的機緣，他們相識了，而他們的前生又有着**糾纏不清**的關係，令我不禁想到，是否由於前生有糾纏，所以今生無論如何總有機會相識**？**

那麼，反過來說，我們今世所遇到的人，是不是都因為前生曾經有過各種各樣的糾纏？

想到這裏，我心中更亂，無法繼續想下去。

而楊立群和劉麗玲好像愈聊愈**興奮**，劉麗玲更打開車門走了出來。她本來就是一個大美人，楊立群一看到她從車中跨出來，頓時整個人都被**吸引**住。

兩人輕輕握了一下手，互相交換着名字。

我和白素有點不知所措，互望了一眼，眼神在問對

方：**「怎麼辦？」**

我倆暫時都沒有辦法，只好向前走去，並盡力保持鎮

定。我向劉麗玲揮了揮手說：「原來你們是認識的？」

劉麗玲搖搖頭，「才認識。剛剛他走出來，看到我這

部開篷跑車，便說女人不應該開這種車。我問他為什麼不

可以，他講了一些很**混帳**的理由。」

聽到劉麗玲這樣說，楊立群即時解釋：「這種高級跑車是專為**男人♂**駕駛而設計的。」

劉麗玲一副不以為然的表情，「我用了大半年，沒有什麼不對勁。」

楊立群笑了起來：「當然，它可以行駛，但是它的優越性能全被**埋沒**了。」

劉麗玲側着頭，望着楊立群：「你確定？要不要打賭試一試？」

「**不要！**」我居然衝口而出代楊立群答了，因為我看到他們正在**鬥氣**，而那往往是感情發展的開始。

他們兩人都奇怪地看着我，我尷尬地解釋：「剛才你不是催了白素幾次嗎？你們一定是有急事了，快去吧。」

我幾乎推着白素上車，可是劉麗玲卻一下把白素拉住，「白素，對不起，我不能送你去了。這位楊先生**輕視**

女性，應該得到一點教訓。」

楊立群隨即仰天打了一個「哈哈」，一副不以為然，只管「放馬過來」的神態。

劉麗玲馬上作了一個「請」的手勢，楊立群也老實不客氣地上了車。劉麗玲坐上了駕駛位，關上車門時，我和白素已經二話不說地 跳進後座 裏。

「你們幹嘛？」劉麗玲 詫異 地問。

「可以順路送我們一程嗎？」我 堆起一個笑臉 問。

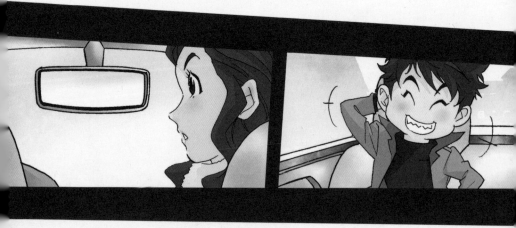

「我自己也未決定要開車去哪裏，你們怎麼知道會順路？」劉麗玲反問。

白素連忙解釋道：「我們也想去吹吹風，而且你們也需要**公正**的裁判吧？」

「嗯，就讓楊先生體驗一下我的駕駛技術！」劉麗玲興致勃勃，發動車子，一踏油門，車子便「**轟**」的一聲絕塵而去。

劉麗玲刻意前往**曲折多彎**的鄉郊路上飛馳，車子高速地轉彎抹角，車上的人感覺如同**坐過山車一樣**，不禁令我想起初認識白素的時候，也是在她的車上不打不相識，兩人開車的瘋狂程度如出一轍。

我和白素厚着面皮坐到車上，目的當然是做他們的「**電燈膽**」，破壞他們的感情發展。

我連忙逮着機會説：「劉小姐的駕駛技術真是**出神入化**，原來女人開車是那麼厲害的，不知道楊太太的駕駛技術是不是也這麼好？」

我非常牽強地把話題拉到楊太太身上，目的自然是讓劉麗玲知道楊立群已有家室，提醒他們不要有非份之想。

由於這是開篷車，我們説話都要大聲喊出來才聽得清楚，所以顯得非常**滑稽**。

一提及太太，楊立群便嗤之以鼻，大聲説：「嘿，她？她簡直是個方向盲、機器盲，每次坐她開的車，我就

有種想 跳車 的衝動！」

劉麗玲聽了這樣的回答，不禁格格大笑起來。

楊立群也和她一起笑，但我和白素實在笑不出來，心裏只想着如何棒打這對 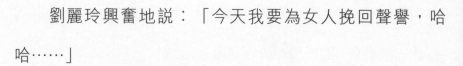 鴛鴦 。

「那麼你現在有沒有想 跳車 的衝動？」劉麗玲笑問。

「暫時沒有。」楊立群笑説。

話音未落，劉麗玲忽然加速拐彎，若不是扣了安全帶，我們早已被 甩出車 外 了。

劉麗玲興奮地説：「今天我要為女人挽回聲譽，哈哈……」

沒想到劉麗玲知道楊立群有太太之後，態度沒有轉變，還 愈來愈興奮 。

我連忙提醒她：「劉小姐，開車小心點，萬一有什麼意外，你去哪裏找個老公賠給楊太太啊？」

我鍥而不捨地提及楊太太，誓要**大煞風景**，不讓他們的愛情種子萌芽。

「楊先生應該有買保險吧？」劉麗玲問。

「當然有，我這條命挺值錢的。」楊立群笑說。

「嗯，那就讓保險公司去賠好了。哈哈⋯⋯」

劉麗玲說完又踏盡油門，車子發出**震耳欲聾**的引擎聲，使我們猶如置身賽車場上一樣。

我徹底**投降**了，本來刻意提起楊太太，是想他們敗興而回，卻沒想到反而令氣氛更**熾熱**。

　　我向白素打了個眼色，她便接力上陣，説：「麗玲，你這種性格和脾氣，誰做你的男朋友就真的慘了。」

　　白素開始説出劉麗玲的缺點，希望破壞她在楊立群心中的形象。

　　怎料劉麗玲回應道：「白素，你不是説過，我和你的性格很相近嗎？」然後她把矛頭指向我：「那麼，衛先生，你和白素在一起時有沒有覺得很慘？」

天啊，這真是一道千古難題！如果我説不慘，那麼白素那句話便前功盡廢；但如果我説很慘，就不知道白素會否生氣。

最後，我還是顧全大局説：「可説是相當慘呢。如果我有朋友想追求劉小姐的話，我一定**拚死**勸阻他不要重蹈我的覆轍。」

當我講到「覆轍」這兩個字的時候，聲調已變得又**尖**又**怪**，因為白素的手正在暗地裏用力捏着我的大腿，可是我又不能叫痛，必須裝作若無其事，默默忍受。

我繃着臉望向白素，用表情告訴她，我這樣説完全是在配合她而已。

劉麗玲和楊立群聽了我的回答，都哈哈大笑起來，以為我在開玩笑。

沒想到我和白素的破壞行動，反而幫他們帶起了氣氛。

在餘下的時間，我們依然盡最後努力，**挖掘**二人的缺點，例如我提到楊立群工作太忙，沒時間陪太太，而白素則羅列劉麗玲一些前男友和追求者的悲慘遭遇，如何受劉麗玲的脾氣折磨等等。

當駛到一處偏遠的郊區時，車子忽然**急速煞停**。

「什麼事？」我們驚問。

「好像死火了。」劉麗玲的回答**快**得出奇。

「怎會無緣無故忽然死火？」我很疑惑。

楊立群馬上趁機揶揄：「都說這種跑車不適合女人開的，哈哈。」

「**快幫忙推車吧！**」劉麗玲斥喝道。

楊立群笑了笑便下車，我和白素也跟着他一起走到車後，幫忙推車。

我們三人推了還不夠十步，楊立群忽然走開，急跑幾步，**一躍跳回**車子裏去。

我和白素還來不及反應，劉麗玲已開動車子，踏下油門，她和楊立群同時回頭向我們揮揮手，笑着說：「**再見！**」

然後，車子便絕塵而去了。

我和白素十分**詫異**，他們兩人居然如此合拍，這是哪裏來的默契？他們是什麼時候串通好要擺脫我們的？

而更令我們驚訝的是，他們本來都受那噩夢困擾而情緒極度**低落**，但兩人認識後，心情卻好轉了許多，不但有說有笑，還聯合起來作弄我們。

看到這個情形，我和白素都有一種**不祥**的預感。

第十章

惡夢 來了

很快又過了三個月。

在這三個月裏，我和白素一直密切留意着楊立群和劉麗玲的關係發展，而且也盡了最大的努力去阻止他們成為戀人。

可是我們失敗了，他們的感情進展 **一日千里**，終於成為了 戀人。

我和白素從他們口中探聽，得知兩人感情發展當中的一些片段。

那天把我和白素 遺棄 在郊區路邊之後，劉麗玲開車載着楊立群四處兜風，好不 逍遙。

那時楊立群剛從多義溝回來，風塵僕僕，臉容 憔悴，

十足像個流浪漢，劉麗玲禁不住問：「你剛去非洲探險回來嗎？」

幸好，楊立群並沒有把自己去「**尋夢**」的事告訴劉麗玲，只回答道：「我去了北方幾個月，尋找人生的意義。」

楊立群說得也沒錯，因為如果世上真的有前生和因果，那麼今世的人生意義，難免與前生的經歷有關，而他就是去尋找自己前生的經歷。

當然，他沒有把這些**秘密**告訴劉麗玲，而劉麗玲回應道：「但我卻真的去過非洲，而且還待了幾個月。」

「你自己一個女生去非洲幾個月？」楊立群吃驚地問。

劉麗玲**神氣**地點點頭。

於是，她便開始與楊立群分享自己在非洲的經歷，而楊立群也述說自己創業時的各種**趣事**。

他們言談甚歡，還訂了下一次的約會。

那天晚上，他們盡興而歸，劉麗玲送楊立群回家，體貼地在街角停車，並沒有直接駛到楊立群那棟 **精緻** 小洋房的門前。

「幫人幫到底，送佛送到西啊，劉小姐。」楊立群笑說。

「只怕楊太太不同意。」

聽到劉麗玲這樣說，楊立群沒有再說些什麼，反而對她的聰慧體貼多添了幾分好感。

不過，即使如此，楊立群回到家裏還是跟太太 **大吵** 了一場。因為女人的觸覺太 **敏銳** 了，楊太太依然能察覺到丈夫跟別的女人剛約會過。

楊立群的妻子名叫孔玉貞，出身富裕家庭，父親是本地一位非常有名望的工業家。她和楊立群在美國留學時

認識，結婚之後回來，楊立群開創事業，成就一天比一天**大**，但相處的時間卻一天比一天少，夫妻間的感情也**愈來愈淡**了。

直到近年，夫婦倆已相對無言，

幾乎一個月都說不到一句話。

今晚這場架他們吵得很大，最後楊立群更拂袖而去，索性搬到酒店裏住，不再回家。

第二次約會時，楊立群悉心整理儀容，完全從那副**流浪漢**的模樣恢復過來，風度翩翩，散發着成功男士的**魅力**。而劉麗玲亦精心打扮，**艷光四射**。兩人可謂郎才女貌，非常合襯。

之後他們經常約會，開始無所不談，劉麗玲更向楊立群坦承自己曾結過婚。

白素知道時，連忙提醒她：「麗玲，我認為不論你多麼愛一個男人，在他面前，多少還是保留一點最後的**秘密**才好。」

劉麗玲滿臉春風，「我不想在他面前保留任何秘密，我想他也是一樣。」

白素更加吃驚，「**你要對他**

說出一切？包括……那個夢？」

劉麗玲臉色**一沉**，低下頭，憂鬱地說：「那個夢，我不會對他說的。可是，如果我們生活在一起──」

劉麗玲的話未說完，白素便驚訝地問：「**等等！生活在一起？**你們不是打算同居吧？」

「不是打算，而是他**已經**搬到我家裏住了。」

此話一出，白素立時呆在當場，不懂反應。

「我唯一的**秘密**就是那個夢了，我死也不會告訴他，我不想

他知道我前生是一個那麼壞的女人。」劉麗玲顯得十分介懷。

「可是，你們生活在一起，你每晚都做那個噩夢，每晚都從噩夢中**驚醒**，他總會察覺出來的。」白素**緊張**地說。

「我初時也這麼擔心，但白素，告訴你一個好消息。」

「現在還會有好消息嗎？」白素苦笑。

「我自從那天認識了立群之後，便再沒有做那個噩夢了。」

「真的？」白素覺得這確實是個好消息。

「真的，也許這就是的力量。」劉麗玲流露出幸福的笑容。

後來，經我打探過後，得知原來楊立群跟劉麗玲一樣，也是自相識那天起，便再沒有做那個夢，而他也堅決不會把那個夢告訴劉麗玲。

雖然如此，但我和白素所擔心的事情，**還是發生了**！

某天午夜，楊立群和劉麗玲並頭躺在床上，沒多久便睡着了，然後開始做夢。楊立群一開始夢到那條白楊樹小路，而劉麗玲則夢到那口井。

他們的夢絲毫沒變，到了最後，翠蓮一刀刺進了小展的胸口，小展用那種**怨恨**之至的目光，望向翠蓮。

這時候，劉麗玲和楊立群**同一時間**驚醒，**同一時間**坐了起來，也**同一時間**向着對方驚慌尖叫**！**

（待續）

外遇

淋浴過後，他回到辦公桌前，查看手機訊息，那些全是太太滿腔怒火的留言，不是喝令他回家，便是質疑他有**外遇**，令楊立群感到十分厭煩。

意思：又稱婚外情、出軌，即是有第三者插足於二人的婚姻關係之中。

漫不經心

但簡雲**漫不經心**地說：「我只是想了解我的病人。」

意思：比喻人做事隨隨便便，不放在心上。

澄清

「我不是你的病人。」我鄭重**澄清**。

意思：弄清楚問題、事實，以免他人誤會。

匪夷所思

你小說裏的情節太**匪夷所思**了，在現實根本不可能會發生，我懷疑你有妄想症。

意思：形容人的思想、言談、技藝、事情等離奇，超出尋常。

石磨

內裏是一片空地，空地上有一個古老的**石磨**，有一口井，牆角上放着一個木架子，看來像是一個木椿，裏面有很多厚木片，我不知道那是什麼。

意思：一個用來把米、麥、豆等糧食加工、磨成粉末的傳統石製工具。

喃喃自語

「那是一具古老的榨油槽。」我**喃喃自語**。

意思：「喃喃」是象聲詞，指連續不斷地小聲說話的聲音，整句意思就是小聲地自己跟自己說話，自言自語。

猶豫

我**猶豫**着要不要回答他，最後還是說了。

意思：指遲疑，不果斷，缺少主見，對事情難以做出決定。

睥睨

簡雲**睥睨**着我，「衛斯理，你又開始編故事了。楊先生只說『十分奇怪的氣味』，你卻能編出那麼多來！」

意思：斜着眼睛看人，表示傲然輕視或不服氣的意思。

震懾

但楊立群卻被我的話**震懾**住了，呆問：「你怎麼知道我是在一座油坊中的？」

意思：即是震驚恐懼。

灶

一個高瘦子站在**灶**旁，那裏有好幾個**灶**口，**灶**上疊着相當大的蒸籠。

意思：又稱爐灶、灶頭，是一種固定了位置的烹飪設施。

煙桿

還有一個人衣服最整齊，穿着一件長衫，手上拿着一根長長的**煙桿**。

意思：吸旱煙的用具，多以細竹管製成。

怔

我聽到這裏，不禁**怔**了一**怔**，簡雲也呆了一呆。

意思：指驚恐、惶恐不安的樣子。

不由自主

楊立群的神情很害怕，臉上的肌肉**不由自主**地跳動着，好像真的有一柄鋒利的小刀在他的臉上劃來劃去。

意思：指由不得自己，控制不住自己。

精神分裂症

簡雲不由自主地吸了一口氣，我知道他在想什麼，他認為楊立群有**精神分裂症**，而且情況相當嚴重。

意思：一種慢性的嚴重腦部疾病，會令患者無法分辨真實與虛幻的差異。

衛斯理系列 少年版 04

尋夢 上

作　　　者：衛斯理（倪匡）

文 字 整 理：耿啟文

繪　　　畫：余遠鍠

出 版 經 理：林瑞芳

責 任 編 輯：蔡靜賢

封面及美術設計：BeHi The Scene

出　　　版：明窗出版社

發　　　行：明報出版社有限公司

　　　　　　香港柴灣嘉業街 18 號

　　　　　　明報工業中心 A 座 15 樓

電　　　話：2595 3215

傳　　　真：2898 2646

網　　　址：http://books.mingpao.com/

電 子 郵 箱：mpp@mingpao.com

版　　　次：二〇一九年二月初版

　　　　　　二〇一九年七月第二版

I S B N：978-988-8525-74-4

承　　　印：美雅印刷製本有限公司

© 版權所有 • 翻印必究